PIERRE

ET

PAUL,

OU

LE CHEMIN BLANC.

DIALOGUE

RECUEILLI ET PUBLIÉ

*Par Aug.*te LEBLANC, *cultivateur.*

Reprenons la candeur et la franchise antiques :
Mais libres, sans retour, des entraves gothiques ;
Mais brisant les hochets d'un orgueil suranné ;
Rallions-nous au Roi que Dieu nous a donné.

BAOUR-LORMIAN, *Épître au Roi.*

A CARPENTRAS,

De l'Imprimerie de JEAN-ALEXIS PROYET.

1817.

PRÉFACE.

Sɪ le hasard singulier qui m'a mis à portée de recueillir cet Opuscule y avait placé un homme d'esprit, ou, du-moins, un homme de lettres, il en aurait tiré un bon parti, soit en donnant une couleur au style, soit en y mettant plus de concision, de clarté, de pureté et de grace; mais un homme de la campagne est peu propre à ce genre de travail : aussi, je pense que la critique aura la bonté de s'adresser, tant pour l'éloge que pour la censure, à mes deux interlocuteurs, si elle ne les juge pas indignes de son attention, et si toutefois il est permis de supposer une petite part de louange pour un ouvrage si mince.

Ce qui m'a déterminé à la publication de ce Dialogue, c'est que Pierre et Paul m'ont paru avoir de la probité, de l'honneur et de la franchise; choses qui ne sont pas extrêmement communes. Il m'a semblé qu'ils étaient aussi invariables qu'incorruptibles, et autant ennemis des principes révolutionnaires que des préjugés gothiques. Cette circonstance n'est pas indifférente aujourd'hui où ces deux extrêmes ont inspiré un égal dégoût à l'immense majorité des Français.

Ainsi, qu'on lise ou qu'on dédaigne cet écrit, qu'on le blâme ou qu'on l'approuve, je déclare que j'ai copié exactement ce que j'ai entendu, et qu'il n'a pas été à mon pouvoir d'y changer un iota.

PIERRE
ET
PAUL,
OU
LE CHEMIN BLANC.

PIERRE.

Je vous blâme, mon cher ami, avec un cœur excellent, de mettre un peu trop de caustique dans vos discours, sur-tout dans cette circonstance, où les exemples, les paroles et les écrits ne devraient avoir d'autre but qu'une conciliatiou générale.

PAUL.

Si j'étais vous, nous dit-on chaque jour, je ferais ainsi. Pas du tout, monsieur ; si vous étiez moi, vous fériez exactement ce que je fais; c'est parce que vous restez vous, que vous pensez et agissez comme ceci et que je reste moi, que je raisonne et me conduis comme cela. Vous vous exprimez d'après votre caractère, vos goûts, vos sentimens, et moi je parle d'après les miens. Vous aimez avec passion, le luxe, les spectacles, la danse, la peinture, tandis que j'ai une indifférence décidée, qui tient presque de l'aversion pour toutes ces choses-là. Vous faites des efforts inouis pour avoir un emploi qui vous présente dans un jour brillant et honorable, précisément je n'ai travaillé toute ma vie que pour me défaire de celui que j'avais, et me rendre libre et indépendant. Un autre vient me voir, et ne trouve rien de bien dans tout ce qui m'entoure, mon jardin, ma prairie, ma demeure; il faut, selon lui, tout refaire et tout bouleverser, parce que tout cela, dit-il, est détestable. Voyez comme cet homme a la conscience de mon bonheur ! Je trouve tout cela délicieux : je n'aime dans les champs que cette simplicité primitive; je cherche, tout bonnement, en été, l'ombre où elle est, et, en hiver, le soleil où il se trouve; et cela me suffit. Ce sont nos habitudes, nos penchans, la tournure de notre esprit, qui nous donnent le sentiment de notre bonheur, et qui impriment le cachet de notre caractère : voilà pourquoi Racine n'est pas Boileau, Voltaire n'est pas l'auteur d'Émille, et qu'Alcibiade ne fut pas Socrate. Il en est de même de nos opinions ; l'homme le plus fou, serait, sans doute, celui qui voudrait que nous pensassions tous de même. La guerre, l'étude, la gloire, le commerce, l'agriculture, vus sous des points opposés par des esprits divers, offrent chacun des tableaux bien différens. Un homme de beaucoup d'esprit a dit : « Le bon plaît aux uns, le mauvais aux autres, « et le pire a encore des partisans. » Ainsi, un prince raisonnable avec une grande habileté et une rare prudence, peut diriger ce conflit éternel d'opinions vers un but utile à tous, vers l'accomplissement de nos devoirs, et, s'il est possible, vers la pratique de la vertu, qui est propre à tous les pays, à tous les âges, et qui est d'une utilité aussi universelle que l'air que nous respirons. Un sage nous a appris, que la félicité et la vertu étaient deux sœurs qui ne se quittaient jamais ; mais la satyre mordante, l'épigramme aiguë, comme le discours sentimental, ne sont point contraires à la vertu, lorsqu'ils ne dépassent pas les bornes d'une décence convenable. Ainsi, je vous déclare, mon cher Pierre, que l'opinion des autres n'a jamais maîtrisé la mienne. Je veux bien oublier une sujection quelquefois très-dure, toujours fâcheuse, de cruelles injustices, souvent causées par la mauvaise-foi, d'autres fois par la méchanceté, et plus souvent encore par l'ineptie ; ce qui les rendait ni moins pénibles, ni moins désagréables : mais avec qua-

rante ans d'expérience, lorsqu'on n'est pas tout-
à-fait dépourvu de sens et d'étude, on se résout
difficilement à se mettre sous la dépendance
d'autrui. Ainsi, ma conduite n'est pas au taux
de la place, ni au taux des cafés, ni à celui
d'aucune coterie; ma conscience est mon unique
régulateur : tous nos confrères en Apollon, d'affreuse et grotesque mémoire, ne peuvent pas en
dire autant.

PIERRE.

Nous ne voyons pas les choses de même œil,
mon cher Paul. Pour moi, jetant un voile sur le
passé, avec toutes les raisons possibles pour con-
server d'amers souvenirs, je me disais : O vous,
Français ! vous tous enfans chéris d'un Roi sage,
éclairé, juste et bon, quand voudrez-vous jouir
de tous les bienfaits que la providence vous pro-
digue ? Eh quoi ! cette grande époque de liberté
et de vérité, cette aurore de bonheur, après des
orages sans nombre, n'a donc pour vous point
de charmes ? la main de Dieu vous est donc tout-
à-fait inconnue ? Cependant avec la Charte, ce
monument d'une immortelle sagesse, à l'abri du-
quel le meilleur des Rois nous a mis, nous pou-
vons goûter tous les biens véritables, et si nous
éprouvons des maux réels, ils ne peuvent être
que notre ouvrage. Si trente ans de malheurs
inouis, si le tableau des excès les plus odieux ne

sont

sont pour nous d'aucune leçon , que faut-il
espérer de nous ? Dieu a fait éclater sa miséri-
corde : le Roi, d'après les principes éternels de
la sagesse et de la vertu, a prodigué sa clémen-
ce ; il n'a eu d'autres vues que le bien général,
et les douceurs d'une paix durable. Dieu, le Roi,
la Charte et la Paix, voilà les élémens certains
de notre prospérité.

PAUL.

Mais ce n'est pas le Dieu des tartuffes ; ce
n'est pas, non plus, le Roi des petits tyrans su-
balternes, qui abusent si facilement du pouvoir,
ni une Charte tracée sur une feuille légère , ni
une Paix de circonstance qu'il faut se figurer ;
c'est l'Éternel, le Créateur de toute chose, la
source de toute vérité, non pas le Dieu du crime,
du fanatisme et de la cruauté; mais un Dieu
généreux, prévoyant, juste, aimable et d'une
bonté universelle.

PIERRE.

Oui, c'est dans le sein de cette Divinité que
le Roi a puisé les secours qui nous sont nécessaires et les consolations qui doivent nous charmer.

PAUL.

Mais si la soif de l'or, l'inquiétude de l'ambition et les coupables souhaits d'abus et de privi-

lèges ne disparaissent pas peu-à-peu de la société, notre brillant édifice de bonheur est détruit. Tout le monde sait que le vrai mérite est à la portée de tout le monde ; qu'il est dans la tête de l'homme de génie ou dans le cœur de l'homme vertueux.

> Ami des humains et des lois,
> Au joug des tyrans peu docile,
> Un homme instruit, sage et tranquille,
> Qui cherche à l'ombre de nos bois
> La paix qui n'est plus à la ville,
> L'homme d'honneur qui, quelquefois,
> Sait dire aux peuples comme aux rois,
> La vérité toujours utile,
> L'amant enfin de la vertu,
> Et que maint tartuffe apostrophe ;
> C'est-là cet être corrompu
> Que l'on appelle *Philosophe*.

Aussi, par une fatalité déplorable, nous ne sommes pas plus avancés sur la véritable philosophie que les contemporains de Socrate, qui disait : « Vous ne songez qu'à amasser des richesses, « à acquérir de la gloire, du crédit, des honneurs ; « les trésors de prudence et de vérité, vous les « négligez. » Malheureusement nous sommes incorrigibles. L'éternelle raison, qui plane sur les siècles, et qui, depuis plus de quatre mille ans, nous donne des leçons de droiture et d'équité par la bouche, le burin, la plume ou le pinceau des grands hommes, prouve au résultat que nous ne valons pas grand'chose. Tout ce qu'il y a au monde de plus recommandable et de plus estimé, de plus profond et de plus juste, nous a prôné la vertu; il nous l'a montrée belle, aimable, touchante, et quelquefois sublime; elle a cependant, peut-être, fait moins de progrès parmi nous que la chose la plus nuisible : car on voit tous les jours le bons-sens relégué par la sottise, et la vérité étouffée par l'hypocrisie. C'est en vain que l'on cherche à concilier les esprits, à dissiper les défiances, à éteindre les inimitiés, à confondre enfin tous les partis en un seul, celui de la raison et de la vérité.

PIERRE.

Patience : graces à Dieu, au Roi, à la Charte et à la Paix, nous y arriverons.

PAUL.

Point du tout. Comment anéantir les vices abjets qui infectent une classe d'hommes que des besoins réels ou factices poignardent sans cesse, que le mépris accompagne par-tout, et que des exemples pervers et des lois subversives ont conduits, pour ainsi dire, pendant vingt ans, à la dépravation et à l'infamie? Or, comme l'a dit un poëte :

Si l'on ne voit que l'innocent
Jouir d'un repos salutaire,
Je crois pouvoir dire, en passant,
Que bien des gens ne dorment guère.

PIERRE.

Leur guérison est l'ouvrage du temps.

PAUL.

Qu'opposerez-vous encore à l'incurabilité de ces hommes avides de préférences, de places et d'honneurs, pour ne pas dire de toutes les préférences, de toutes les places et de tous les honneurs ? S'ils étaient avides de gloire, cela leur donnerait, peut-être, le goût de l'étude qui leur manque, et ferait naître en eux des talens qu'ils n'ont pas. La société y trouverait son compte. Mais fermes dans une opinion erronée, forts d'un mérite qu'ils se supposent, appuyés d'un parti qui n'est pas tout-à-fait sans ruse, et auquel la circonstance donne du nerf, à défaut de moyens et de principes ; enfin, avec des plaintes, de l'intrigue et un peu de remuement, ils réussiront encore non à être utiles, mais à obtenir des secours pour une indigence supposée, et des pensions pour des services imaginaires. Et quand la France succombe, pour ainsi dire, sous le faix des charges publiques, résultat d'une guerre aussi extraordinaire que désastreuse ; quand le génie de l'impôt va fouiller, et peut-être en vain, dans toutes les sources de produit et de crédit, que les plus habiles calculateurs sont épouvantés de l'énormité de la dette publique, c'est dans ce moment, dis-je, si difficile pour les Ministres, si pénible pour le Roi, si calamiteux pour le peuple, que des hommes, qui se disent utiles et fidèles, attachés à leur Souverain, harcelent le gouvernement par des demandes aussi injustes qu'exorbitantes ; et les royalistes nécessiteux, ces hommes braves et dévoués, d'une fidélité aussi honorable qu'incorruptible, qui ont été victimes de leur générosité et de leur bonne-foi, le seront encore d'un égoïsme criminel : leur sagesse et leur modération, grace à l'avidité des autres, les condamne à un oubli pernicieux et désespérant.

PIERRE,

Ceci est trivial à force d'être connu ; c'est un mal qui est aussi ancien que le monde ; c'est un systême qui paraît à certains esprits nécessaire pour le moment. Au reste, « quelles que soient « les douleurs qu'un homme souffre, c'est la des- « tinée qui l'ordonne. » Ce n'est pas hier que Pythagore a dit cela. Il est certain que si la vue des princes était assez forte et assez étendue pour pouvoir, d'abord, percer le cercle de courtisans qui les entoure, et puis apercevoir tous les détails de la société, peut-être verrait-on plus rarement des protecteurs pleins de zélé s'é-vertuer à rendre un fat illustre, quelquefois ils daigneraient même élever un peu le mérite obs-

cur, ne fût-ce que par rapport à des talens utiles; mais les choses ne sont point ainsi, et il
n'est pas plus raisonnable de demander pourquoi
tel courtisan n'est pas autrement, que de dire
pourquoi les frelons ne sont pas des abeilles, ou
pourquoi le lierre n'est pas le laurier. Ainsi,
dites plutôt que l'excessive bonté du Roi n'a pas
pu toujours se défendre contre l'indiscrétion, et
qu'eu égard à la pénurie des finances, certains
hommes opulens ont eu bien peu de générosité.

PAUL.

Ah ! dites, bien peu de royalisme, de civisme
et de religion. On peut dire hardiment qu'ils ont
tout-à-fait dévié de la route sans tache de l'honneur, du Chemin blanc que le Roi nous trace lui-
même, et dans lequel il marche le premier.

PIERRE.

Heureusement que le nombre de ces hommes
presque déconsidérés est très-peu nombreux !

PAUL.

Bon ; et que le combat finira, faute de com-
battans. Cela console toujours le malheureux ouvrier, de qui un impôt, souvent trop onéreux,
a paralysé le courage, et dont les charges, pous-
sées jusqu'à la cruauté, finiraient nécessairement
par étouffer l'industrie.

PIERRE.

Oui : il est bien consolant d'être convaincu que ce n'est point l'intention du gouvernement de récompenser l'intrigue aux dépens de la misère, que ce n'est pas une déviation de son action pour le bien public.

> Les sots savent tous se produire,
> Le mérite se cache, il faut l'aller trouver,

a dit un fabuliste aimable. Mais comment voulez-vous que, dans les bouillantes ondées d'une réaction ou parmi les éclats tumultueux d'une heureuse catastrophe, les ministres, fussent-ils les plus justes et les plus éclairés de tous les hommes, puissent distinguer les talens et le mérite au milieu d'une souple adulation, d'un zèle ardent et faux, et d'une ingénieuse témérité, qui, trop souvent, les étouffent, même dans les jours les moins orageux ? La faveur, l'intrigue, les protections auront toujours, quoi qu'on en dise, un puissant avantage sur la vertu : si c'est un mal, on peut dire au moins que ce n'est pas pour elle ; la vertu s'en consolera toujours, par cela seul qu'elle est la vertu ; ou bien, vous allez admettre que ces moyens, vils et odieux, sont aussi de son domaine, ce qui n'est pas croyable. Ainsi, c'est un piége dans lequel la sagesse éclairée peut tomber ; c'est un homme excellent qui est dupe de son cœur : car nul prince n'a poussé plus loin que notre bon Roi, la dignité et la justice, la sagesse et la bonne-foi, et un amour sincère pour ses enfans.

PAUL.

Ses enfans ! j'aime ce mot ; il peint seul son ame tout entière.

PIERRE.

Et il ne donne pas une petite idée de son esprit. Lorsqu'il a tracé, en caractères ineffaçables, « Les Français sont égaux devant la loi, quels « que soient d'ailleurs leurs titres et leurs rangs.... « Le Roi fait des nobles à volonté, mais il ne « leur accorde que des rangs et des honneurs, « sans aucune exemption de charges et des de- « voirs de la société. » il a dû nécessairement se dire, privilèges, vous êtes beaux ; mais à qui êtes-vous utiles ? Philosophe, a dit JJ. Rousseau, tes lois sont belles ; mais où sont tes sanctions ? Tandis que le Roi peut dire aujourd'hui, tous les suffrages soutiennent ma Charte, et l'unanimité la plus touchante l'entoure de son amour, de son respect et de ses hommages.... En général, nous nous attachons difficilement à ceux qui ne veulent pas nous aimer. Or, je le demande au moins sensible et au plus ingrat : nous aimet-il ?

PAUL.

PAUL.

On n'en saurait douter : encore, pour vous et pour moi, ce bonheur suffit ; mais......

PIERRE.

Mais, la sécurité et le travail, la justice et la liberté feront le reste. Dieu, le Roi, la Charte et la Paix sont là.

PAUL.

Mais s'il était encore de ces ambitieux hypocrites, de ces hommes si orgueilleux et si peu satisfaits ?

PIERRE.

On pourrait comparer aujourd'hui la position de la plupart d'entr'eux, à celle du paysan que Florian nous a dépeint dans une fable.

Assis sur une large pierre,
Qui ne voit point de pont pour passer la rivière,
Il attend que cette eau cesse enfin de couler.

PAUL.

S'ils attendaient la fin des idées libérales, c'est-à-dire, des idées raisonnables, favorables à l'ordre, à la liberté, au maintien des lois et au bien-être de tous, ou, ce qui est de même, s'ils

3

attendaient l'extinction totale des lumières de l'Europe,

> Ils pourraient, pour passer, se jeter à la nage ;
> Car cette eau coulera toujours.

PIERRE.

Il faut néanmoins, à beaucoup de monde, des sentimens bien profonds de religion et d'humanité ; il faut que Dieu, le Roi, la Charte et la Paix fassent un devoir sacré du pardon ; car sans un prodigieux effort de vertu, une grandeur d'ame peu commune, comment oublier les injures, les cruautés, les rapines, et toutes les horreurs enfin dont quelques messieurs nous ont accablés pendant un bon nombre d'années ? Ceux qui sont si intéressés à cet oubli, quand ils avaient trouvé, par un bonheur fatal et inoui, et dans une générosité sans exemple, le pardon le plus ample de leurs crimes, l'oubli total de leurs fautes, la sanction, pour ainsi dire, de leurs incartades et la garantie de leurs pillages, que pouvaient-ils attendre de plus, grand Dieu ! Cependant, par reconnaissance pour une bonté si extraordinaire, ils allaient encore, dignes rivaux de Satan, recommencer la destruction du genre-humain : malgré cela, graces à Dieu, les nobles les plus illustres et les plus marquans, par un sentiment juste et vrai de loyauté, font une distinction nécessaire des droits légitimes de tous, d'avec les privilèges abusifs de quelques-uns ; ils nous en ont donné plus d'une preuve dans la Chambre des Pairs. Tout près de nous encore, nous en avons plus d'une. M.ʳ le marquis de***, aussi recommandable par les agrémens de son esprit que par les qualités de son cœur, qui possède éminemment cette urbanité française devenue si rare de nos jours ; royaliste aussi pur que dévoué, et dont la noble et courageuse infortune inspire le plus grand intérêt, disait un jour à ses enfans, à-peu-près en ces termes :

Soyez comte, marquis, chevalier, duc ou prince,
Plastronné de cordons, dans l'or empaqueté,
Remontez jusqu'aux Huns par votre antiquité,
Si votre cœur est sec, si votre esprit est mince,
Souvenez-vous toujours de cette vérité :
Que les riches atours ne sont pas la beauté ;
Que l'éclat d'un grand nom ne fait pas le mérite ;
Le pompeux appareil d'une brillante suite
N'a pu sauver encore un orgueil indompté,
D'une fatale nullité.

PAUL.

Cela est très-vrai, les titres et les parchemins, ainsi que les papiers-monnaie, ne peuvent plus guère aujourd'hui se passer d'hypothèques, lorsque d'excellentes qualités n'étayent pas les premiers, et que des fonds solides ne représentent pas les seconds, ils sont bientôt tombés en discrédit.

PIERRE.

Ainsi, s'il en restait encore d'indifférens à ces exemples aussi nobles que flatteurs, et aussi utiles que désirés, et où le Roi figure le premier, exemples que le Saint Père a revêtus lui-même d'une libre et auguste sanction ; s'il en restait encore, dis-je, ils seraient nécessairement comprimés par la force du bien, leurs prétentions s'évanouiraient comme une fumée légère,

PAUL.

Oui : sans l'éternelle et risible cajolerie, de la bassesse qui flatte, et l'éternelle et curieuse présomption de l'orgueil qui se rengorge, cela serait bientôt vu ; mais, graces aux sots, qui ne s'attachent qu'à la surface des choses, et aux gens intéressés, qui cherchent de l'argent et des protections par-tout, l'arrogance aura toujours pour partisans une immense majorité.

PIERRE.

Cette majorité, fût-elle vraie, n'est rien ; mais je la nie : il y a aujourd'hui une plus grande dose de sagacité dans le monde que vous ne supposez. Au reste, entassez tous les éloges de la sottise et tous les sophismes des intrigans, faites-en un monument formidable : un seul écrit lumineux,

solide et bien pensé, qui sort d'une tête pro-
fonde et d'un cœur généreux, va faire crouler
l'édifice de tous ces écrits futiles, vulgaires et
vains, comme un soleil radieux dissipe de petits
brouillards importuns.

PAUL.

Que maudit soit le jour où cette vanité
Vint ici de nos mœurs souiller la pureté.
Dans les temps bienheureux du monde en son enfance,
Chacun mettait sa gloire en sa seule innocence,
Chacun vivait content, et, sous d'égales lois,
Le mérite y faisait la noblesse et les rois ;
Et sans chercher l'appui d'une naissance illustre,
Un héros, de soi-même, empruntait tout son lustre.

PIERRE.

Nous dirons donc encore avec Boileau, en
nous ralliant tous au Monarque chéri que Dieu
nous a rendu,

Et de tout son bonheur ne devant rien qu'à soi,
Il montre à l'univers ce que c'est qu'être roi. (*)

En effet, il n'est pas d'empire plus flatteur,
plus universel que celui de la bonté ; et si la
source de toute adulation est dans la mauvaise-
foi du souverain, de ce côté nous n'avons rien à

(*) Boileau, *Satire V.*

craindre : car le premier usage du pouvoir d'un prince méchant, c'est de nous empêcher de le lui dire. Notre Roi nous le permet ; à plus forte raison de le dire aux autres. A présent, voulez-vous mettre en balance la portion essentiellement éclairée et bien pensante des Français, qui servira constamment les intérêts du Roi par ses lumières, son courage et ses vertus, cette portion d'hommes vigilans, simples, modérés, humains et incorruptibles, parce qu'ils sont étroitement unis par la raison, et entièrement satisfaits de leur liberté et partant très-forts ; voulez-vous mettre, dis-je, cette masse invincible en présence de simulacres d'hommes sans principes, qui n'ont que des goûts dépravés ou frivoles, qui n'ont d'autre sentiment que leur amour-propre, et d'autre ressource morale que le vide de leur cœur, et qui, de plus, graces à Dieu, sont une minorité pitoyable ?

PAUL.

Ah ! mon cher, vous n'avez donc jamais été victime du fanatisme et de la superstition ?

PIERRE.

Ils ne sont plus de mode. Quelques personnes, sous prétexte de religion, réclameraient encore ce luxe qui a donné lieu à tant de scandale ; mais on s'est souvenu d'un adage de ce temps d'opulence, qui disait :

> Aux temps passés, en l'âge d'or,
> Crosses de bois, évêques d'or.

Ainsi, je pense qu'avant de revenir aux saints et aux chandeliers d'argent, on aura quelque pitié des pauvres qui entourent le temple ; car tout semble nous dire aujourd'hui, humilité, conscience pure, et avec Dieu, le Roi, la Charte et la Paix, qui sont gravés dans tous les cœurs, et qui doivent l'être essentiellement, par rapport au Chemin que nous avons à suivre, vous verrez bientôt régner par-tout un amour suprême de justice, de concorde, de bonheur et de salut ; de toutes parts, vous verrez s'ouvrir tous les trésors de charité, et j'ose croire qu'ils seront aussi abondans qu'honorables : nous n'avons plus rien à craindre. Quel est donc le sujet de vos inquiétudes, serait-ce les cris de quelques furibons, étouffés dès leur naissance, et dont l'animadversion publique dévance même la marche prompte des tribunaux pour en faire justice ? Ces êtres de désordre et de malheur ne peuvent plus vivre parmi nous, notre atmosphère ne leur convient plus, les élémens de nos institutions leur sont contraires, et l'amertume de nos regrets, la douleur de nos souvenirs assurent à cette opinion une longue durée. Serait-ce le désir mal déguisé de quelques apôtres du pouvoir arbitraire ?

PAUL.

En effet, rien ne serait plus propre à entretenir des craintes raisonnables, et une foule d'inquiétudes dont les résultats nous meneraient par la défiance au plus fâcheux découragement, s'il existait encore de ces esprits opiniâtres qui voulaient l'ancien régime avec sa monstruosité primitive, et avec l'accessoire des abus les plus révoltans, et qui, au mépris des droits et des devoirs des peuples et des souverains, nous prônaient à outrance des institutions non-seulement décrépites, mais aussi nuisibles qu'outrageantes, et des habitudes honteuses et ridicules à un dègré presque égal.

PIERRE.

Vous avez vu combien leurs prétentions ont été émoussées par la puissance du siècle, et combien leur espoir serait mince à l'avenir, s'il était encore de ces hommes aveuglés, lorsque, comme on a lieu de le croire, toutes les portes de l'avancement seront fermées à leur coupable avidité; car si le pouvoir est dangereux en entre les mains des révolutionnaires, il est aussi nuisible qu'extravagant confié à des exprits faux que la nature repousse, que la raison désavoue et que le siècle condamne : ainsi, tous ces hommes seront, comme a dit Épictecte, ou droits

ou

ou redressés ; il n'est point d'autre route pour arriver au Roi. Il restera d'eux cependant quelques vices et quelques ridicules qui, joints à ceux que l'on trouve en gros ou en détail dans la société, forment un des plus riches domaines des lettres et de la poésie ; c'est-là le patrimoine des poëtes.

PAUL.

Et on peut dire, sans se compromettre et sans exagérer, que, de ce côté là, ils ne sont pas mal dotés, et encore, que rien ne les oblige à dépenser leur fortune : car, tant qu'on verra partout les écrits de Voltaire, de Boileau, de Mollière, de Lafontaine, de la Bruyère, de Fontenelle, de Montaigne, de Lesage, de Lucien, de Cervantes, d'Addisson, de Sterne, et enfin de tout un peuple d'auteurs savans, aimables, ingénieux, aussi recommandables par leurs talens que par le bien qu'ils nous ont fait et le plaisir qu'ils nous ont donné, ils peuvent, sans crainte, s'abandonner à la douceur de la paresse.

PIERRE.

Ou s'égayer à leurs dépens par une honnête et ingénieuse censure. Gresset a dit :

Les sots sont ici-bas pour nos menus plaisirs.

PAUL.

D'abord qu'il ne s'agit que d'être droits ou

redressés, c'est une bagatelle ; encore sept à huit cents ans, et quelques déluges d'écrits sur cette matière, l'affaire est faite. En attendant le fruit de tous ces écrits,

> Plus intrigant que vingt valets,
> Plus menteur que trente gazettes,
> Bravant le sel de maints pamphlets,
> Sancho, pour nos péchés, voit combler ses souhaits ;
> Un beau grade est le prix de ses viles courbettes.
> Petit tyran, plus fier de ses méfaits
> Que ne l'est de ses yeux la reine des coquettes,
> Il commande ! . . . . et, sans contredit,
> Moins militaire qu'un conscrit,
> Il est cent fois plus vain que César ou Pompée,
> Mais il est, à coup sûr, moins craint qu'il n'est maudit ;
> Car un zéro n'est pas plus nul que son esprit,
> Et le roseau le plus petit
> Moins dangereux que son épée.

Mr A. B. C., domicilié à cent cinquante lieues de Paris, craignant, avec quelque raison, que son mérite ne perçât pas assez vîte par rapport aux intérêts de l'état, et que son génie, à son grand regret, devînt inutile à la France, a établi, il y a long-temps, un avant-poste à la capitale, et une sentinelle dans les anti-chambres, avec une longue importunité et des certificats de contre-façon, ou, peut-être, d'une édition véritable ; car on n'est pas avare de ces effets-là entre gens de même parti. Il a obtenu d'abord une croix, puis une autre croix, puis une place sans émolumens, il est vrai ; mais comme il est désintéressé, et qu'il n'a que dix mille francs de rente, il est sur le point d'obtenir, dit-il, une pension à titre de secours, et aujourd'hui il daigne demander une quatrième croix, celle de la Légion d'honneur, ce qui lui ferait environ deux mois de service pour chaque croix.

PIERRE.

C'est encore quelque chose.

PAUL.

Sans doute : la durée du service ne fait rien, l'importance fait tout ; mais malheureusement ceux de M.ᵣ A. B. C. ont eu lieu à l'étranger, et avant la révolution. Cela n'empêche pas M.ᵣ A. B. C. d'être un fort grand capitaine ; il ne manque pas d'une certaine finesse, il se fait donner quelques leçons de tactique par un caporal pour se remettre un peu au courant du service des armes, et il y a à présumer que, dans peu, M.ᵣ A. B. C. pourra être comparé à Turenne ou à Moreau, comme une coquille de noix à la voûte du ciel.

PIERRE.

Il y a un peu de sel dans ce que vous dites ; mais le public d'aujourd'hui, aussi clairvoyant que malin, ne fait-il pas une ample justice de ces hommes-là? Elle est quelquefois tardive, elle n'en est pas moins éclatante ; et le plus mince ouvrier d'à-présent sait faire une grande différence de l'homme qu'une souplesse étonnante élève à quelque emploi, d'avec l'homme que l'unanimité des suffrages y porte, et je suis très-persuadé qu'il fait bien un autre cas de celui qui parle pour le bien de tous, qui agit pour être utile, et qui se montre pour défendre les bons principes et les sages lois, que de celui qui ne raisonne que pour faire du bruit, qui ne remue que pour faire fortune, et qui ne paraît que pour éblouir ou pour éclabousser. Si tout le monde s'est aperçu que tels et tels individus étaient violens de bravoure quand il n'y avait pas l'ombre de danger, qui est-ce qui a ignoré qu'ils étaient à fond de cale dans les momens importans? Eh puis ! que vous importe? vous ne courez pas après ces hochets-là. Moi, je pense qu'il serait à propos que tous les Français en obtinssent autant, cela les guérirait, peut-être, de cette manie de décorations et de distinctions, qui sont la source de tous les troubles. « Tu vois jouer « ensemble ces petits chiens (a dit un sage) ; ils « se caressent, ils s'accolent, ils se flattent, ils « te paraissent bons amis ; jette un petit os au « milieu d'eux, et tu verras : telle est l'amitié « des frères et celle des pères et des enfans. » Si cela est ainsi dans une même famille, que doit-ce être dans un grand concours d'hommes qui ne se sont rien ? J'ai été aussi, moi qui vous parle, en proie à cette épidémie. Après avoir présenté, pendant vingt ans, ma poitrine dans les combats, soumis à des ordres qui m'ont imposé, plus d'une fois, le devoir rigoureux d'y prodiguer mon sang, en déplorant néanmoins l'usage barbare qu'on en a souvent fait, sous le prétexte du bien de la patrie, j'ai eu aussi la faiblesse de croire qu'après tous ces services-là, il m'était dû quelque récompense, sur-tout par rapport à des blessures qui me firent sentir le voisinage de la tombe. Là, je pensai

« Qu'au-lieu de ces honneurs suprêmes,
« Du néant vaniteux amphatiques emblêmes,

il valait mieux offrir, au moins, une ame dégagée d'orgueil et de vains souvenirs.

PAUL.

Des titres de noblesse n'iraient pourtant pas mal à des hommes couverts d'honorables blessures ; car, que peut-on exiger de plus du dévoûment humain que de sacrifier un bras, une jambe ou un œil sur un champ de bataille, lorsqu'on n'y laisse pas sa misérable vie ? Cependant il faut convenir que M.^r de pierre serait un peu dur.

PIERRE.

Quoi qu'il en soit, je me suis dit, depuis, qu'est-ce que c'est qu'une décoration, un signe extérieur qui rappelle à un tiers, le courage ou le mérite d'un individu? Mais la croix, par elle-même, n'en donne point.

PAUL.

Cela est très-vrai, et ne manquerait pas de preuves en un besoin.

PIERRE.

Or, mon courage m'appartient, le peu de mérite que je puis avoir est aussi-bien à moi; il est même bien évident que toutes les décorations du monde ne sauraient l'augmenter, tandis qu'au contraire, il peut s'augmenter sans elles. Et puis, quelle nécessité que le public sache par la voie d'une enseigne qu'on a quelque mérite? Il est, ce me semble, plus honorable qu'il l'apprenne autrement, et qu'il le découvre sans cette marque, que d'apercevoir cette marque sans lui; ce qui arrive à beaucoup de ceux qui la portent. La vertu n'est pas pour les yeux, elle est pour les choses; une bravoure constante n'a pas besoin de décorations : voilà pourquoi l'homme essentiellement valeureux ne s'abaisse pas à en demander; tandis que celui qui est dépourvu de courage et d'autres qualités nécessaires, fait des efforts pour en obtenir, ce qui fait que la plus grosse part est souvent le prix de la faveur ou de l'intrigue : voilà ce qui a fait dire, de nos jours, que « la récompense des héros était deve-

« nue la livrée des courtisans. » En cela, il n'y a
point de mal ; il y a ici une véritable compen-
sation et un équilibre utile. L'homme d'un vrai
mérite est suffisamment pourvu ; et le mérite,
assez rare, assez beau par lui-même, peut facilement se passer d'enjolivures extérieures, tandis
que l'homme chétif et creux a besoin de quelque
chose qui le relève. Que serait-il sans cela ? Vous
voyez aussi que le sentiment de ce besoin le
porte à en demander plusieurs.

PAUL.

En effet, qu'est-ce qu'une, deux, et même
trois croix à présent ? Il en faut au moins une
demi-douzaine, qui tienne depuis l'aisselle jusqu'au milieu de la poitrine ; ce qui ne ressemble
pas mal à une enseigne de passementier, et
on est à-peu-près sûr de rencontrer tous les
genres de mérite dans l'individu qui en est por-
teur, comme on l'est de trouver la fidélité chez
toutes les femmes. Je vais citer pour exemple,
une pétition assez drôle, adressée au roi de
Naples, de l'hôpital de Cozenza, par un grenadier de son armée ; elle n'est pas connue de
tout le monde.

« Citoyen Prince (dit le grenadier),

« Voilà plus de quarante croix que l'on distri-
bue à mon régiment par ordre de Votre Majesté,

et toutes à des individus qui n'ont pas encore brûlé une amorce. Le quartier-maître, l'officier payeur, le capitaine d'habillement, le docteur, le maître bottier, le tambour-major, le chef de musique, *etc.* et vingt neveux ou parens, ou du colonel, ou des généraux, ou des inspecteurs de notre armée se trouvent décorés, après quelques mois de leur enrôlement. Hâtez-vous, Citoyen Prince, d'en donner au moins pour le grand complet, afin que mon camarade et moi, qui comptons soixante-sept ans de service effectif, et sans interruption, nous en ayons aussi une, le temps presse, sur-tout pour moi ; car outre quelques bons à-tous reçus pour V. M. à diverses escarmouches, le bras droit que j'ai perdu à Catanzaro, et la jambe gauche qu'on vient de me couper à Cozenza, à huit ou dix pouces au-dessus du genou, ne me promettent pas une longue vie. Mon camarade n'a essuyé, cette fois, qu'une grêle de coups de sabre, dont la plupart ont fait couler le sang ; mais une centaine de bocaux de vin répareront cela. Après tout, ce n'est que du sang ; ses os sont encore en place, et il a bon espoir ; car on ne lui a pas interdit, comme à moi, l'usage du vin ni du tabac. Vous voyez, Citoyen Prince, que ma demande n'est pas injuste ; cette faveur pourrait adoucir mon sort, charmer mon ennui, et mettre un peu en considération les habiles esculapes qui nous écorchent, les sinistres pharmaciens qui

nous

nous empoisonnent, et les maussades infirmiers qui nous pillent.» Le prince, qui n'était pas citoyen, ne répondit pas, et le grenadier fut entièrement guéri, non pas de ses mutilations, mais de l'ardeur sans mesure qu'il avait pour les batailles, et sur-tout de l'insigne sottise de se faire tuer pour des ingrats. Cela me rappelle une phrase singulière d'un auteur original, qui dit : « Sans la démangeaison de briller, dans « quel royaume la politique trouverait-elle le « débit de ces respectables colifichets dont elle « décore ceux qu'elle veut distinguer ? Cepen- « dant, ce genre de riens doit, pour le bien d'un « État, *s'acquérir au prix même du sang.* Grace « à nos M. il se trouve des fous qui sacrifient « tout pour s'en pourvoir, et d'autres fous qui « les regardent avec vénération. »

PIERRE.

Eh bien ! c'est un équilibre favorable, vous dis-je. Heureux lorsque la jalousie et la fureur ne s'en mêlent pas !

PAUL.

Quant à la fureur, je n'en dirai rien pour le moment ; mais pour la jalousie, il faudrait qu'elle fût toute du côté où penche la faveur, et toute la modestie du côté où l'oubli se fait sentir : tandis que loin que cela soit ainsi, il y à quelques bons grains de vanité dans toutes les têtes, et une dose d'envie, pour faible qu'elle soit, à-peu-près dans tous les cœurs, sans compter la malice et autres ingrédiens de cette nature, qui occasionnent à la société trois grandes maladies radicales, plus ou moins dangereuses, mais toujours incurables, la folie, la misère et la perversité. Cela semble d'abord une plaisanterie ; il n'est pas moins vrai que c'est d'elles seules que nous viennent les secousses, les tempêtes et les catastrophes dont nous avons été témoins depuis vingt-cinq ans. Elles minent peu-à-peu le corps social, et, selon le plus ou le moins d'âcreté, elles donnent lieu à des crises terribles qui enfantent de grands malheurs.

PIERRE.

Si cela est ainsi, un médecin habile, malgré leur incurabilité, peut y apporter quelque correctif. Il peut, par exemple, en abandonnant à la folie ses hochets et ses grelots, lui enlever les armes qui blessent, et qui sont aussi dangereuses pour elles que pour les autres. Quant à la misère, douée d'une patience incroyable, il ne s'agit que de ne pas aggraver son sort ; rien de plus facile que de la maintenir dans des bornes utiles. Pour la perversité, lorsque les lois ne peuvent atteindre ses filamens les plus déliés, on a recours à la flétrissure du mépris public ; remède efficace et sûr, et très-facile à trouver, lorsqu'on adopte le systême assez raisonnable de n'accorder des récompenses qu'au mérite.

PAUL.

En attendant, donnez-vous la peine de parcourir dans tous les pays, la capitale et les provinces, les villes et la campagne. Voyez de près toutes les classes de citoyens, les magistrats, les prêtres et l'armée, et vous conclurez avec moi, que trois classes d'hommes seulement forment tout le genre-humain, des fous, des misérables et des pervers, avec quelques nuances ; car il est des degrés de folie, de misère et de perversité, depuis l'aimable jusqu'à l'affreux. Et cependant, comme ceux qui ont la chair, les os et le sang infiniment supérieurs aux nôtres pourraient se formaliser de ce classement trop resserré, malgré ses nuances, j'admettrai qu'il y a d'illustres fous, d'illustres misérables et d'illustres pervers. Eh quoi! ils ne sont pas fous ceux qui veulent rétablir la religion avec du luxe, des moines et des nonnes? Sont-ils sages ceux qui veulent la liberté avec la petite exception de la classe industrieuse, c'est-à-dire, de la masse des Français d'à-peu-près vingt-cinq millions d'hommes ? Et que sont-ils ceux qui veulent établir une représentation nationale avec quelques individus ? Serait-il raisonnable que quelques paons représentassent les divers et innombrables habitans de l'air ? Qu'est-ce que c'est que M.ʳ A , qui s'excrime à décrier Voltaire et Montesquieu en style d'écolier? Passe encore pour les zoïles ingénieux qui , manquant de pudeur, ne sont pas au moins tout-à-fait sans talens ? Que direz-vous de M.ʳ & , qui ne cesse d'insulter à la gloire nationale en dépréciant , avec une rare fureur, les armées françaises ? Vous avez vu M.ʳ & marcher au feu de l'ennemi comme une écrevisse, et on l'a vu en revenir avec la vîtesse d'un cerf. Or , vous concevez bien que si M.ʳ & est encore fort loin de connaître le degré de perfection auquel a été porté dans nos camps le grand art des batailles , il est à une distance incommensurable du point de valeur et de gloire où nos guerriers arrivaient chaque jour par un héroïsme constant.

A tous les cœurs bien nés que la patrie est chère !

A coup sûr, ce vers n'a rien d'indigne en soi quoiqu'il appartienne à Voltaire. Cependant il doit être la cause que beaucoup d'hommes de France se trouvent, par leurs opinions, ou Russes, ou Anglais, ou Allemands, ou Espagnols et même Cosaques , plutôt que Français. Ces hommes ne manquent pourtant ni de sensibilité ni d'amour ; au contraire, ils ont le cœur

Plein d'amour pour le Roi, plein d'amour pour la vie,
Plein d'amour pour l'honneur, la fortune et les rangs ,
Avec autant d'amour s'ils sont indifférens,
   C'est seulement pour leur patrie.

Que doit-on penser de ceux qui analysent ou apprécient l'esprit de l'Europe par celui de quelques coteries aussi obscures qu'impuissantes, et de ceux qui jugent de l'opinion publique par le caquet de quelques comités où l'absence totale du bon-sens est, pour ainsi dire, un mérite ? Car il fait au-moins excuser des vices plus notables.

Que doit on répondre à ces hommes si éclairés et si ardens pour la chose publique, qui rabachent sans cesse (permettez-moi ce mot) que le Roi est trompé ? Sans doute, le Roi est trompé par une affection importune, par un amour mal entendu, et par une prévoyance peu honorable pour lui.

PIERRE.

Le Roi n'est pas infaillible; il est plus modeste de supposer que ce sont ces messieurs. Le Roi pense, d'après l'inaltérable bonté de son cœur, que les cerveaux exaltés, sur-tout dans des circonstances difficiles, ne sont pas propres au ministère, et il donne la préférence, pour cette gestion importante, à des têtes solides où siégent la sagesse, l'habileté et le génie; et certes, c'est-là un tort irréparable aux yeux de la médiocrité jalouse. Ce tort est d'autant plus grand qu'il embrasse toutes les administrations; car il réduira, je pense, à sa juste valeur un zèle présomptueux qui renverse au-lieu de consolider, qui crée des ennemis au-lieu de faire des partisans; il con-

damnera, peut-être, à l'oubli des gens fort es-
timables, mais inutiles, et d'autres très-fidèles,
mais dangereux.

PAUL.

On ferait des centaines de citations de cette
nature ; mais en voilà assez pour la folie.

Que dirai-je de la misère, dont les traces dou-
loureuses se font sentir par-tout? Son empire est
aussi vaste que hideux. Si l'on trouve quelquefois
la vertu occupée du soin touchant d'essuyer ses
playes, trop souvent on voit l'opulence qui se
détourne pour ne pas même les apercevoir.

> Hélas ! voyez ce grand seigneur,
> Fulminant contre l'avarice,
> Qui refuse un centime à l'idigent qui meurt
> Faute de soins : cependant, de bon cœur,
> Il lui donne un Dieu vous bénisse.

Pour la perversité, je ne veux point d'autres
preuves que les cent cinquante mille étraugers
qui sont à nos portes, c'est-à-dire, nos très-
chers Alliés, lorsqu'on paye des sentinelles pour
se faire garder à vue. Qu'est-ce que cela prouve ?..... Non, ce n'est pas à des hommes sains
qu'on administre de semblables remèdes. Ainsi,
vous voyez que s'il est quelque exception et qu'on
aperçoive çà et là quelques individus à part de
ces trois classes, subdivisées en ordinaires et
illustres, c'est fort rare ; on peut quasi regarder
cela comme un phénomène.

PIERRE.

Ce que vous dites là n'est pas rigoureusement vrai, et je ne serais pas embarrassé d'y trouver quelque réplique ; mais je serais curieux de savoir dans laquelle de ces trois classes vous voulez bien vous placer.

PAUL.

Hélas ! je tiens malheureusement à toutes les trois. Mon vêtement à la mode du jour, sans être recherché, et qui, fort loin d'être commode, ne pare ni le chaud, ni le froid, ni ne flatte la vue, prouve que je tiens à la première. Si vous vous donniez la peine de venir chez moi, vous verriez que ma propriété la plus liquide est le temps, c'est-à-dire, douze ou quinze heures par jour, plus ou moins, selon le repos que mon corps usé par des malheurs inouis m'oblige de prendre, encore n'est-elle pas exempte d'impôts ; trop souvent de nombreux importuns m'en font payer d'assez durs. Mais puisque tous les biens de ce monde, y compris la respiration et la pensée, payent tribut, il est juste que je sois soumis, comme les autres, à une taxe sur les seuls revenus qui me restent. Hélas ! mon unique bien ! je le vois s'en aller avec mes vêtemens, ma poitrine et mon esprit : ainsi, vous devez être convaincu que je suis essentiellement de la seconde. Quant à la perversité, j'ai fait de vains

efforts toute ma vie pour m'en préserver entièrement; mais.......... Je vous prie de croire
cependant, que vous ne me trouveriez pas dans
la nuance affreuse.

PIERRE.

Votre franchise me touche ; notre Chemin
blanc serait couvert d'un peuple innombrable, si
tous avouaient leurs erreurs avec la même bonnefoi, si tous les hommes étaient tels que la raison
les voudrait.

PAUL.

Si, au-lieu de calomnier, une philosophie bienfaisante et nécessaire d'avilir des idées aussi raisonnables qu'utiles ; si, au-lieu d'élever sans cesse
des divisions, d'exciter des ressentimens et des
haines, nous étions tous religieusement soumis
à nos lois ; si nous étions dociles aux brillantes
et profondes leçons du savoir, du génie et de la
sagesse ; si nous mettions à profit les trésors de
prudence et de vérité que l'espérience des siècles
nous a laissés ; si........ avec cent pages de si,
de car, de mais et de pourquoi, nous serions le
peuple le plus poli, le plus doux, le plus spirituel, le plus aimable, le plus sensible, le plus
ingénieux, le plus brave, le plus riche, le plus
fort, et, peut- être, le plus heureux.

PIERRE.

PIERRE.

Ajoutez encore un mot, qui fera lui seul l'histoire de notre excellent Monarque, *le plus juste*, et nous sommes, à coup sûr, à-la-fois le peuple le plus digne d'envie et le plus respecté. Qu'on dise après que la société sera sans passé et sans avenir !

PAUL.

Il n'en est que trop de passé ; il en est deux également odieux, le siècle des abus qui a enfanté la révolution, et la révolution elle-même ; car si le fanatisme, l'orgueil et la ruse n'avaient pas été si tenaces pour les conquêtes injustes qu'ils avaient faites sur la crédulité, la bonhomie et l'ignorance des peuples, qu'ils eussent cédé, peu-à-peu, les droits sacrés qu'une raison progressive leur faisait reconnaître, on n'aurait jamais vu ce débordement d'une indignation générale, et une révolution aussi terrible, qui a poussé, il est vrai, les ressentimens jusqu'aux derniers degrés de la fureur la plus atroce.

PIERRE.

Leçon affreuse pour les souverains, qui confirme ce que l'on a dit, que l'art de conduire les hommes est le premier des arts, parce qu'il est à-la-fois le plus difficile et le plus nécessaire, et j'ajouterai, le plus dangereux, vu leur ingratitude.

PAUL.

Vous pouvez mettre encore l'influence fatale des écrivains hypocrites et pervers, dont les talens abjets et serviles, nourris dans l'humilité de la bassesse, savent donner avec une ingénieuse perfidie une teinte d'excuse aux actions les plus dignes de blâme.

« Détestables flatteurs, présent le plus funeste
« Que puisse faire aux rois la colère céleste. »

Laissez - moi vous citer à ce sujet quelques fragmens d'une fable peu répandue, dont l'idée primitive a été puisée dans un chapitre de Mercier ; elle a pour titre : *Le Singe et le Renard, peintres.*

LE SINGE.

Il donnait au coursier sa fougue impétueuse,
Le feu de ses naseaux, ses rapides élans ;
Sa crinière superbe abandonnée aux vents
Sur un cou libre et fier, flottait majestueuse.
S'avançant lentement d'un pas de sénateur,
Le monarque fourré des forêts d'Helvétie,
    L'ours conservait sa grave pesanteur,
      Digne enfant de l'hypocrisie.
Saint Rominagrobis, l'œil baissé, l'air matois,
      : Paraissant composer sa voix,
Cachait sous le duvet d'une patte adoucie,
    Ses dards cuisans qu'il lance en tapinois.
Le fléau des moutons, affamé de carnage,
Grinçait des dents, roulait un œil brûlant de rage.

Dans la fange couché , contemplant un chardon ,
Stupidement messer aliboron ,
Vers le ciel élançait et l'une et l'autre oreille.
De ces portraits l'exacte vérité
Frappait l'œil enchanté.........

Le renard vient ,

Par lui tout prend une autre face ;
Tout-à-coup effaçant sa sombre majesté ,
Sa terrible crinière et sa difformité ,
Il donne au fier lion la finesse et la grace.
Dans son œil brille une aimable douceur ,
La folâtre gaîté dans tous ses traits respire ;
Sa gueule rugissante a perdu sa largeur ,
Plus de dent meurtrière , il va presque sourire.
Ainsi fait le renard , et flatteurs d'applaudir ;
Et les bravo de retentir !
Bientôt le léopard , le tigre , la panthère ,
Jusqu'aux dogues mutins ,
Ont pris sous ses pinceaux visage débonnaire
Et l'air *de petits saints.*
Le baudet voit baisser ses oreilles brillantes ;
Il a tant leché l'ours qu'il l'a rendu mignon ;
Et pour comble de l'art , le milan , le faucon ,
N'ont plus ni becs retors , ni serres déchirantes.
Même l'on dit que le fin courtisan ,
Ne négligeant aucun suffrage ,
A l'animal grossier qui s'engraisse de gland ,
Donna gentille allure et sémillant corsage.........
O toi , l'idole d'un grand cœur ,
Du nourrisson des arts noble et seule espérance !
Postérité , de ton burin vengeur
Tu sus entre eux marquer la différence !

PIERRE.

Ainsi donc nous aurons un avenir !

PAUL.

Eh quoi ! parce que les peuples dégagés d'une honteuse servitude se trouvent élevés, agrandis, honorés par des lumières universelles ; parce que les intérêts de tous sont puissamment protégés ; parce que la ligne constitutionnelle qui, en comprimant l'ignorance et l'orgueil, rempare le pauvre et le faible, et les met à l'abri de l'insolence, nous n'aurions pas d'avenir ? Quelle idée creuse ! Que ne fait-on pas passer à l'aide de mots superbes en faveur de l'esprit de parti ?

PIERRE.

Nous en aurons un digne de tout éloge, et le présent le plus flatteur nous en garantit : notre Souverain, loin d'être comme le tyran qui l'a précédé, un objet d'épouvante et d'horreur, est un objet d'amour, d'attachement et d'hommages ; il savoure, au milieu des bénédictions de son peuple, le triomphe de la raison et de la paix ; il repousse, en appelant à lui toutes les idées favorables à l'ordre, les élans plaintifs d'un despotisme défaillant, et les dernières et vaines secousses de l'anarchie. Il assure par cette fermeté, aussi sage que lumineuse, l'empire des lois, terribles pour tous les écarts ; et il nous trace encore lui-même, en y marchant le premier, cette route sans tache dont notre drapeau est le symbole, route si belle et si honorable pour tous les humains. Cette magnanime puissance, si précieuse et si vénérable, doit tout entraîner. Pensez-vous que ses aimables et ses plus chers enfans, qui doivent lui succéder dans la tâche pénible et sainte de gouverner à leur tour, aillent puiser ailleurs et des leçons et des exemples ? Il faudrait nier alors, malgré le témoignage de plusieurs millions de Français, l'amour intime qui les unit, et l'identité de naissance, de goût, d'éducation, de qualités, de sentimens qui les honore, et qui fait leur bonheur et le nôtre (*). Ainsi, nobles anciens, nobles nouveaux, négocians et cultivateurs, grands et petits propriétaires, hommes éclairés de tous les partis, citoyens utiles de toutes les classes, la politique la plus saine, la raison la plus éclairée, autant que des besoins nombreux, pressans et réciproques,

----

(*) S'il n'est rien de plus inébranlable que le trône d'un prince juste, loyal, aimant son peuple et économe de ses sueurs, il n'est rien de plus incertain que le règne de celui qui a les vices contraires. La légitimité (n'en déplaise à tous les publicistes adulateurs), sans la bonne-foi, la probité, la pitié, la justice, n'est pas plus solide que l'usurpation odieuse et précaire.

Note de l'éditeur.

vous commandent de vous unir. Que Dieu, le
Roi, la Charte et la Paix soient le centre de cette
union et la devise unique de la bannière de trente
millions de Français nés pour vivre ensemble !
Ce n'est plus un drapeau de partis ; les diverses
couleurs, emblême des factions, ont disparu,
et nous avons gardé la plus belle et la plus pure.
De quoi s'agit-il encore ? De sacrifier un peu
d'intérêt personnel et un brin de vanité pour une
cause universelle. Ce sacrifice est-il donc impos-
sible à des hommes qui s'étaient tout laissé prendre ? Je ne le crois pas. Non, nous avons payé
la haine et la fureur avec une honorable mépris ;
nous saurons reconnaître au-moins la plus tendre
sollicitude par un amour sincère.

Rallions-nous tous aux autorités, dont le pouvoir inspire la confiance en commandant le bien,
et dont l'œil toujours vigilant, mais d'une im-
partialité scrupuleuse, sait, en épiant tous les
projets de la malveillance, trouver dans notre
Charte immuable des ressources pour les com-
primer, et nous conduire à-la-fois, par une voie
aussi honorable que sûre, à cet état de tranquillité, d'union et de bonheur, dont notre bon Roi
est le plus digne et le plus sûr garant. Tous
Français, tous égaux devant la loi, tous religieusement soumis à son empire, soyons tous
d'accord sur ce point, quelles que soient nos
opinions d'ailleurs ; tous fermes, mais calmes ;
confians, fidèles et dévoués, et le Roi est aussi

(47)

sûr de son Trône, que la France entière de son
bonheur.

PAUL.

Mon cher Pierre, que le Roi soit sûr de son
trône, bon; que nous ayons la tranquillité, fort
bien, parce que nos lois sont appropriées à nos
mœurs, à nos opinions et à nos lumières : mais
cet accord parfait et cet amour sincère dont vous
parlez sont encore loin de nous.

> Oui, pour la cruauté, la rapine et la ruse,
> Nous avons des renards, des tigres et des loups;
> En bons et blancs moutons les convertirez-vous!....
> Non, vous n'en ferez rien; je vous demande excuse.

Les sentimens affectueux ne se commandent pas,
ils naissent d'une estime réciproque; pour arriver à cette estime, il faut donc que tous les
élémens de discorde, de haine, de jalousie, de
défiance, d'inquiétude et de vanité disparaissent
de nos cœurs pour faire place à autant de vertus, seuls alimens des ames généreuses.

PIERRE.

Oui, mon cher Paul, et desquels doivent naître
nécessairement, et le sentiment de la justice, et
l'amour de nos devoirs, et le désir du bien de
notre patrie, et la bienveillance pour nos semblables, et cette harmonie enfin si touchante, si
désirable et si nécessaire pour le bien-être de
tous.

Oui, mon cher, c'est la vertu, c'est le seul élément qui puisse faire éclater le miracle de la concorde au milieu de nos haines fratricides, comme le seul flambeau qui puisse guider tous les Français, dans le chemin honorable que nous venons de tracer : voilà pourquoi notre devise est indispensable ; car il faut que la puissance de Dieu nous aide, dans ce grand œuvre, que le Roi nous seconde par ses lumières, que la force tutélaire de la Charte nous étaye et que la Paix assure notre triomphe.

PAUL.

Il n'y a qu'une difficulté, c'est qu'avec l'ambition on monte, et qu'avec la vertu il faut descendre : voilà pourquoi on a dit avec raison,

> « A la vertu nombre de gens,
> « D'amitié font mainte grimace,
> « On lui fait de beaux complimens ;
> « Mais il est rare qu'on l'embrasse. »

F I N.

9 782019 283667